Juliana Landrevi

1/e

Madame
CANAILLE

Collection MADAME

Mr. Men   Little Miss

Madame
CANAILLE

Roger Hargreaves

hachette
JEUNESSE

Es-tu toujours sage comme une image ?

Oui ? Bravo !
Eh bien, figure-toi que madame Canaille, elle,
ne l'était jamais.

Ce dimanche matin-là,
elle se leva et alla regarder à sa fenêtre.

« Quel beau temps », pensa-t-elle.

Elle sourit jusqu'aux oreilles.

– Quel beau temps pour les canailles ! ajouta-t-elle.

Et elle se frotta les mains.

Ce matin-là,
monsieur Malpoli faisait sa promenade du dimanche.

Madame Canaille lui vola son chapeau
et sauta dessus à pieds joints.

– Mon chapeau ! cria monsieur Malpoli.

Cet après-midi-là,
monsieur Malin lisait un livre dans son jardin.
Que fit madame Canaille?

Elle lui cassa ses lunettes!

– Mes lunettes! cria monsieur Malin.

Ce même après-midi,
monsieur Malchance se trouvait au milieu d'un pré.
Il se demandait comment avoir de la chance.

Que fit madame Canaille ?

Elle déroula ses bandages, puis...

... les enroula, à sa façon !

– Mmmmmmmmm ! cria monsieur Malchance,

qui ne pouvait guère dire autre chose.

Monsieur Malpoli, monsieur Malin et monsieur Malchance n'étaient pas contents, mais pas contents du tout.

– Quel merveilleux dimanche! pensait madame Canaille.

Et il n'est pas encore terminé. »

Au loin, elle venait d'apercevoir monsieur Petit...

Le lundi matin, les quatre messieurs se retrouvèrent.

– J'en ai assez de cette canaille! glapit monsieur Malpoli
qui avait débosselé son chapeau. Il faut agir!

Il se tourna vers monsieur Malin
qui avait mis ses lunettes de rechange.

– Vous qui êtes si malin, lui dit-il,
vous n'auriez pas une idée?

Monsieur Malin réfléchit, puis toussota et déclara enfin :

– Non, je n'en ai pas.

– Moi, j'ai ma petite idée! annonça monsieur Petit.

– Madame Canaille a besoin d'une bonne leçon,
et je connais celui qui la lui donnera.

– Qui est-ce ? demanda monsieur Malin.

Monsieur Petit éclata de rire.

– Gros nigaud ! lui dit-il,
puis il s'en alla trouver l'un de ses amis.

C'était un monsieur
qui faisait des choses incroyables comme, par exemple,
devenir invisible.

Ce lundi-là, monsieur Curieux s'était endormi
à l'ombre d'un arbre.
Sans bruit, madame Canaille s'approcha de lui,
un pot de peinture dans une main,
un pinceau dans l'autre, et un sourire coquin aux lèvres.

Elle allait lui peindre le bout du nez.

En rouge !

Or à la seconde
où elle s'apprêtait à jouer ce vilain tour :

– Aïe! cria-t-elle.

Quelqu'un venait de lui taper sur le nez.
Ce quelqu'un, elle ne le voyait pas!
Ce quelqu'un était invisible!

Madame Canaille lâcha son pot et son pinceau,
et s'enfuit à toutes jambes.

Le mardi, monsieur Rapide se promenait dans le bois.

Ou plutôt, il courait.
Comme d'habitude !

Madame Canaille se cacha derrière un buisson
et tendit sa jambe.

Elle allait lui faire un croche-pied !

Or à ce moment précis :

– Aïe! cria-t-elle.

L'homme invisible avait encore frappé!
En plein sur son nez!

Madame Canaille s'enfuit à toute allure.

Le mercredi, monsieur Heureux était chez lui.

Il regardait la télévision.

Dehors, madame Canaille ramassa une pierre.
Elle allait la lancer dans la fenêtre!

Oh, la vilaine!

Or à l'instant où elle levait le bras...

Que se passa-t-il?
Oui, c'est cela!

BANG!

– Ouille! cria madame Canaille.

Et elle s'enfuit à toute vitesse en se tenant le nez.

Le jeudi, ce fut pareil : Bang !

Le vendredi aussi : Bang ! Bang !

Le samedi également : Bang ! Bang ! Bang !

Le nez de madame Canaille était devenu rouge écarlate.

Mais le dimanche, madame Canaille fut sage
comme une image.
Elle avait compris !

Dans l'après-midi, monsieur Petit retourna chez son ami.

– Bonjour, monsieur Incroyable, lui dit-il.
C'est incroyable comme madame Canaille a changé.

– Incroyable... mais vrai! répliqua monsieur Incroyable.

RÉUNIS VITE LA COLLECTION ENTIÈRE

1	2	3	4	5	6	7	8
MME AUTORITAIRE	MME TÊTE-EN-L'AIR	MME RANGE-TOUT	MME CATASTROPHE	MME ACROBATE	MME MAGIE	MME PROPRETTE	MME INDÉCI

9	10	11	12	13	14	15	16
MME PETITE	MME TOUT-VA-BIEN	MME TINTAMARRE	MME TIMIDE	MME BOUTE-EN-TRAIN	MME CANAILLE	MME BEAUTÉ	MME SAG

17	18	19	20	21	22	23	24
MME DOUBLE	MME JE-SAIS-TOUT	MME CHANCE	MME PRUDENTE	MME BOULOT	MME GÉNIALE	MME OUI	MME POU

25	26	27	28	29	30	31	32
MME COQUETTE	MME CONTRAIRE	MME TÊTUE	MME EN RETARD	MME BAVARDE	MME FOLLETTE	MME BONHEUR	MME VED

33	34	35	36	37	38	39	40
MME VITE-FAIT	MME CASSE-PIEDS	MME DODUE	MME RISETTE	MME CHIPIE	MME FARCEUSE	MME MALCHANCE	MME TE

DES **MONSIEUR MADAME**

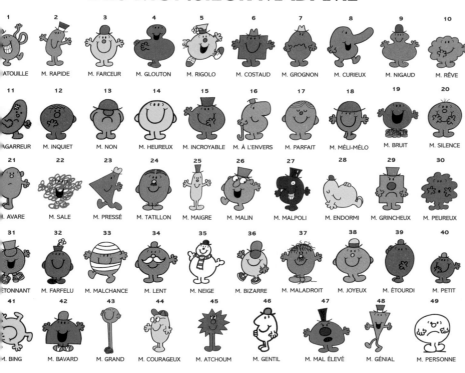

1 ...ATOUILLE	2 M. RAPIDE	3 M. FARCEUR	4 M. GLOUTON	5 M. RIGOLO	6 M. COSTAUD	7 M. GROGNON	8 M. CURIEUX	9 M. NIGAUD	10 M. RÊVE
11 ...AGARREUR	12 M. INQUIET	13 M. NON	14 M. HEUREUX	15 M. INCROYABLE	16 M. À L'ENVERS	17 M. PARFAIT	18 M. MÉLI-MÉLO	19 M. BRUIT	20 M. SILENCE
21 ...AVARE	22 M. SALE	23 M. PRESSÉ	24 M. TATILLON	25 M. MAIGRE	26 M. MALIN	27 M. MALPOLI	28 M. ENDORMI	29 M. GRINCHEUX	30 M. PEUREUX
31 ...ETONNANT	32 M. FARFELU	33 M. MALCHANCE	34 M. LENT	35 M. NEIGE	36 M. BIZARRE	37 M. MALADROIT	38 M. JOYEUX	39 M. ÉTOURDI	40 M. PETIT
41 ...BING	42 M. BAVARD	43 M. GRAND	44 M. COURAGEUX	45 M. ATCHOUM	46 M. GENTIL	47 M. MAL ÉLEVÉ	48 M. GÉNIAL	49 M. PERSONNE	

ISBN : 978-2-01-224861-8
Loi n° 49-956 du 16 juillet 1949 sur les publications destinées à la jeunesse.
Imprimé et relié en France par I.M.E.